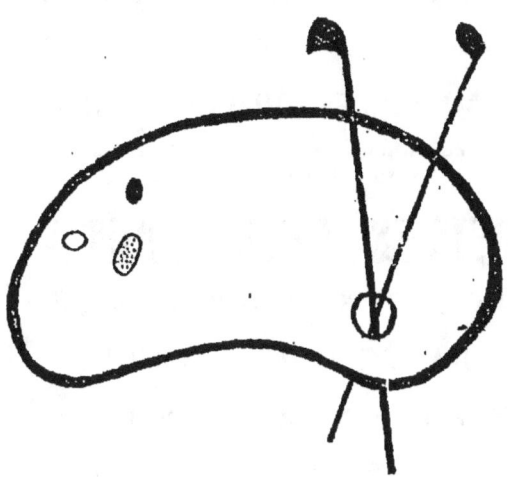

DEBUT D'UNE SERIE DE DOCUMENTS
EN COULEUR

# CATALOGUE

D'UNE

JOLIE RÉUNION

# D'OBJETS D'ART

PARMI LESQUELS ON REMARQUE:

## 2 BEAUX MEUBLES FORMANT CABINET

D'une grande richesse de sculpture et d'ornementation, travail des XVI<sup>e</sup> et XVII<sup>e</sup> siècles

# 4 BELLES MINIATURES

## Par Hall, Fragonard, Charlier & Greuze

### BRONZES D'ART, TAPISSERIES ANCIENNES

### BIJOUX, MATIÈRES PRÉCIEUSES ET AUTRES OBJETS

DONT LA VENTE AURA LIEU

## HOTEL DES COMMISSAIRES-PRISEURS

### Rue Drouot, n° 5

SALLE N° 4

## Le Samedi 9 Février 1861, à deux heures précises.

---

Par le ministère de M<sup>e</sup> **DELBERGUE-CORMONT**, C<sup>re</sup>-Priseur, rue de Provence, 8,

Assisté de M. **DHIOS**, Expert, rue Le Peletier, 33,

---

EXPOSITION PUBLIQUE

Le Vendredi 8 Février 1861, de 1 heure à 5 heures.

---

# PARIS

### RENOU & MAULDE

IMPRIMEURS DE LA COMPAGNIE DES COMMISSAIRES-PRISEURS
RUE DE RIVOLI, 144,

## 1861

*il me faut la copie*
*du procès verbal de*
*cette vente*

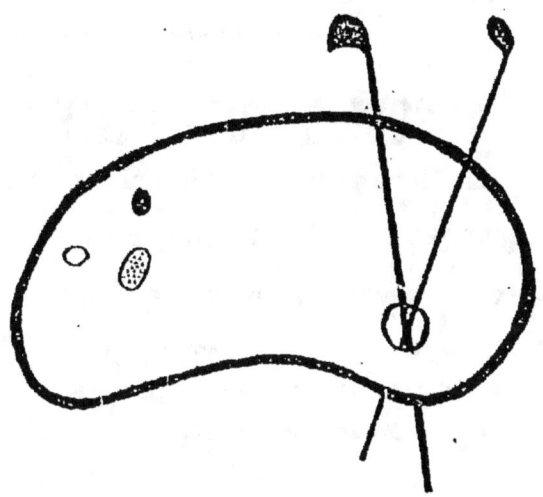

FIN D'UNE SERIE DE DOCUMENTS
EN COULEUR

# CATALOGUE

D'UNE

JOLIE RÉUNION

# D'OBJETS D'ART

PARMI LESQUELS ON REMARQUE :

## 2 BEAUX MEUBLES FORMANT CABINET

D'une grande richesse de sculpture et d'ornementation, travail des XVI
et XVII siècles

# 4 BELLES MINIATURES

## Par Hall, Fragonard, Charlier & Greuze

## BRONZES D'ART, TAPISSERIES ANCIENNES

## BIJOUX, MATIÈRES PRÉCIEUSES ET AUTRES OBJETS

DONT LA VENTE AURA LIEU

HOTEL DES COMMISSAIRES-PRISEURS

### *Rue Drouot, n° 5*

SALLE N° 4

## Le Samedi 9 Février 1861, à deux heures précises.

Par le ministère de M° **DELBERGUE-CORMONT,** C°°-Priseur,
rue de Provence, 8,

Assisté de **M. DHIOS,** Expert, rue Le Peletier, 83,

### EXPOSITION PUBLIQUE

Le Vendredi 8 Février 1861, de 1 heure à 5 heures.

# PARIS

RENOU & MAULDE

IMPRIMEURS DE LA COMPAGNIE DES COMMISSAIRES-PRISEURS
RUE DE RIVOLI, 144.

## 1861

# CONDITIONS DE LA VENTE

Elle sera faite au comptant.

Les Acquéreurs paieront, en sus des adjudications, CINQ POUR CENT applicables au frais.

# DÉSIGNATION

—◦◦◦◦•§•◦◦◦◦—

## MEUBLES ANCIENS

1 — Magnifique meuble formant cabinet en ébène,
poirier et buis. Il se compose de trois compartiments à portes séparés par deux grandes
colonnes d'ordre corinthien, dix tiroirs, huit
bas-reliefs et une table support sur huit pieds.
La porte du milieu représente l'Adoration des
Mages : c'est une sculpture de haut-relief du
plus beau travail ; les portes des côtés et les
tiroirs sont ornés de sept autres bas-reliefs
représentant des sujets tirés de la vie de Jé-
sus-Christ, sculptures du travail le plus déli-
cat en bois mélangés ; de chaque côté sont
deux niches où sont placées deux statuettes de
saint Dominique et de saint François. Toutes
les parties de ce beau meuble sont ornées de
frises et d'ornements d'une grande délicatesse,
du meilleur goût et d'un dessin très-pur.

La conservation est parfaite.

Haut. 1 m. 80 ; larg. 1 m. 92.

2 — Un beau meuble formant cabinet de forme ar-
chitecturale ; il est en bois laqué avec incrus-

tations de nacre et bois divers ; il est divisé
en cinq étages et surmonté d'une pendule.
Seize colonnes en marbre jaune, disposées
avec beaucoup de goût, ornent le meuble, qui
se compose de trois compartiments principaux
et de dix-sept tiroirs. Ses ornements sont
en bronze ciselé et doré ; il est posé sur une
table-support. Ce meuble a été composé d'a-
près les dessins de l'architecte Pozzo et pro-
vient du château de Luxembourg.

La conservation est parfaite.

H. 2 m. 74; larg. 1 m. 46.

3 — Deux jolies encoignures, époque Louis XVI,
garnies en bronze doré.

4 — Un beau fauteuil en chêne sculpté, orné de fi-
gures d'enfants et de têtes de lions, recouvert
en velours bleu.

# MINIATURES

## HALL.

Portrait d'une jeune et jolie femme ; elle est as-
sise au milieu d'un paysage et vue presque de
face ; elle est coiffée d'un chapeau à la Pa-
méla, orné d'une plume. Ses cheveux blonds
flottent en boucles sur ses épaules, couvertes
par un léger fichu en gaze ; sur son sein, qui
est nu, sont attachés deux roses ; sur ses ge-

noux est posée une guirlande de fleurs.

Cette miniature est une des charmantes productions de cet habile artiste ; elle réunit les belles qualités que l'on aime à rencontrer dans les œuvres de ce maître. A une composition des plus agréables s'ajoute l'exécution la plus brillante.

Forme ovale, cadre bronze doré.

## FRAGONARD (Honoré).

6 — Une charmante jeune fille, vêtue d'un jupon rouge et dans le négligé le plus séduisant, s'est endormie le bras appuyé sur un panier de fleurs. Un jeune homme penché près d'elle profite de son sommeil pour soulever le léger fichu de gaze qui couvre son sein, et jouit ainsi des charmes les plus attrayants.

Ravissante composition. Belle exécution et conservation parfaite.
Forme ronde, cadre en bronze doré.

## CHARLIER.

7 — Nymphe et l'Amour endormis sur un lit ; une jeune femme est endormie tenant des roses dans ses deux mains ; un jeune Amour repose sur son sein.

## DU MÊME.

8 — Une Baigneuse à demi étendue au bord de l'eau ; sa physionomie exprime la surprise d'un objet qu'elle voit sur l'eau ; d'une main elle tient une draperie blanche, et l'autre est appuyée sur un panier rempli de fleurs.

Ces deux miniatures sont deux ravissantes productions de ce maître gracieux ; elles sont parfaitement conservées et encadrées dans des cadres en bronze ciselé et doré.

## GREUZE (J.-B.).

9 — Portrait de M<sup>lle</sup> Greuze cadette.

*Forme ronde.*

10 — Quelques jolies miniatures et petites peintures
à l'huile seront vendues sous ce numéro.

11 — Une boîte en ivoire ornée d'une miniature représentant une jeune femme écrivant une
lettre avec la flèche de l'Amour.

*Forme ronde.*

12 — Une boîte en vernis Martin ornée d'une miniature représentant une jeune femme embras-
sée par l'Amour.

*Forme ronde.*

# OBJETS D'ART DIVERS

13 — Une amazone, statuette équestre, bronze, par
*Barye.*

14 — Un cavalier chinois, statuette équestre, bronze,
par *Barye.*

15 — Le lion des Tuileries, bronze, par *Barye.*

16 — Deux candelabres à trois lumières, forme antique.

17 — Un groupe en bronze représentant Homère de-
mandant l'aumône.

**18** — Deux vases en bronze sur socles en bois.

**19** — Deux vases en terre de Sarreguemines ; une statuette en bronze du général Bonaparte, premier consul.

**20** — Un bas-relief en cire : Nymphes et Satyres jouant au saut de mouton.

Délicieuse composition qui a bien tout le charme des œuvres de nos spirituels artistes du xviiie siècle.

Cadre d'acajou garni de cuivre.

H. 17 c. L. 40 c.

**21** — La Sainte Famille, bas-relief en terre cuite, par *François Flamand*. 1634.

Forme ovale. — H. 38 c. — L. 31 c.

**22** — Huit tableaux, compositions en relief par un artiste hollandais du xviiie siècle, représentant des vues d'Amsterdam, de Harlem, marines, etc.

L'ensemble de ces tableaux est d'un fini précieux que l'on prendrait pour du bois découpé, mais que nous pensons être une composition de papyrus.

**23** — Bas-reliefs en cuivre repoussé.

**24** — Jolie pipe en bois sculpté.

**25** — Une boîte de pistolets de combat garnis en argent.

**26** — Une paire de pistolets de combat, époque Louis XIV.

27 — Deux statuettes : Vierge et Saint, en bois sculpté.

28 — Quelques bijoux anciens et pierres gravées.

29 — Plusieurs boîtes et tabatières en matières dures, telles que malachite, agate orientale, etc.

30 — Une gaîne en bois sculpté, travail du xvi<sup>e</sup> siècle.

31 — Belles assiettes en porcelaine de vieux Chine.

32 — Deux cornets en Japon.

33 — Six tapisseries anciennes.

34 — Un couvre-pied de lit piqué en soie jaune sur fond blanc, formant des dessins et des rosaces.

Époque Louis XIV.

35 — Un lot considérable d'étoffes en brocart pour meubles.

36 — Plusieurs statuettes en bronze, d'après l'antique.

37 — Deux grands vases en terre de Sarreguemines.

38 — Un joli groupe en biscuit.

39 — Objets d'art omis au présent catalogue.

40 — QUELQUES TABLEAUX ANCIENS, que le temps n'a pas permis de cataloguer.

Renou et Maulde, imprimeurs de la Compagnie des Commissaires-Priseurs, rue de Rivoli, 144.                   461

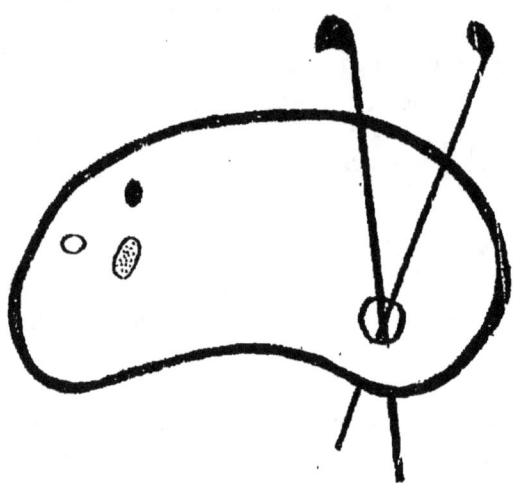

ORIGINAL EN COULEUR
NF Z 43-120-8